MADAME DUCROISY

LA PRESSE

ET

LA JUSTICE

PAR

MARC DE MONTIFAUD

PRÉCÉDÉ D'UNE LETTRE

DE

M. RAOUL POSTEL

Ancien Magistrat

Ancien Rédacteur de l'*Echo universel*

PARIS

—

1879

MADAME DUCROISY

LA PRESSE

ET

LA JUSTICE

PAR

MARC DE MONTIFAUD

PRÉCÉDÉ D'UNE LETTRE

DE

M. RAOUL POSTEL

Ancien Magistrat

Ancien Rédacteur de l'*Echo universel*

PARIS

—

1879

MADAME DUCROISY

LA PRESSE ET LA JUSTICE

« Bruxelles, 24 Décembre 1878

« Madame,

« Vous vous étonnez, non sans raison, que les démarches que j'ai tentées ici en votre nom soient demeurées sans résultat. Vous m'aviez chargé, en effet, il y a quelques semaines, de mettre à profit les relations que j'ai conservées avec un certain nombre de journaux étrangers pour essayer de faire restituer à votre vigoureux et sincère roman le sentiment de philosophie sociale qu'on y respire. Tout d'abord les mesures arbitraires dont on ne cesse de vous frapper depuis deux ans vous avaient rendu, ici, l'opinion publique sympathique. On sait, à l'étranger tout aussi bien qu'en France, que l'auteur des *Romantiques*, des *Vestales de l'Eglise*, de *l'Histoire d'Héloïse*, que l'éditeur érudit de Corneille Blessebois est une femme vaillante et jeune : et cela seul, indépendamment du mérite intrinsèque de ses publications, suffisait à tenir en éveil la curiosité et la faveur des lecteurs. Je trouvai donc, au début, les principaux journaux disposés à vous seconder de leurs protestations. Mais ces excellentes dispositions furent de courte durée : le mot d'ordre vint bientôt de Paris, et l'annonce de votre procès, agrémentée d'odieux commentaires, effraya les propriétaires des différentes feuilles.

« Nous devons reconnaître, Madame, que vos ennemis ont eu un flair merveilleux pour le choix des armes à employer contre vous. Ils ont compris qu'aux dénonciations occultes ils devaient joindre cette autre infamie : vous accuser brutalement d'immoralité sans analyser ni discuter votre œuvre devant le public, pris ainsi pour dupe. Cette ruse n'a réussi qu'à demi : si l'auteur, en effet, est devenu leur victime, ils n'ont pu, du moins, empêcher le succès ni la vente de ses livres; ils l'ont frappé, couvert d'outrages, mais ils n'ont pu supprimer son renom ni le ruiner. De là, pour eux, une recrudescence de rage, de délations, de venin. Pourquoi faut-il que leur haine ait rencontré, en des régions plus élevées, des auxiliaires et des complices?

« Il faut avouer que la liberté de la pensée est singulièrement comprise en France. Tout ce que l'on a écrit à ce sujet, tous les discours prononcés sur ce thème formeraient, si on les réunissait en un seul corps, une véritable montagne de volumes. En sommes-nous plus avancés? Il semble, au contraire, que, plus nous vieillissons, plus la liberté diminue.

Le mot existe, mais c'est tout. La législation sur la presse n'est que le séïde des compressions du passé.

« En effet, la loi, sur cette matière, flotte dans le vague le plus effrayant. Les délits y abondent, mais ces délits ne sont point définis. Où sont leurs limites? Où commencent-ils? Où cessent-ils? En quoi consiste exactement, par exemple, cette formidable incrimination d'« outrage aux bonnes mœurs » en vertu de laquelle *Madame Ducroisy* vient s'asseoir sur la sellette, tandis que la *Fille Élisa* ou l'*Assommoir* s'étalent grassement à toutes les vitrines? La chasteté est-elle donc l'apanage patenté de M. Zola, et l' « obscénité » la note juridiquement privilégiée de Marc de Montifaud? Il me semble, pourtant, qu'il serait bien temps que la Loi et ses austères interprètes s'entendissent définitivement sur ce point.

« Vous avez, Madame, essayé une défense. Je ne parle pas, bien entendu, de celle que l'on a étranglée à huis-clos le 14 Décembre dernier : celle-là, vous le comprenez, était, à l'avance, non avenue. Je veux parler de celle que vous avez imprimée et distribuée sous ce titre : *Le Procès de Madame Ducroisy*. Sous une forme brève, mais passionnée, vous y plaidiez votre cause au nom de l'Art. Je n'ignore pas que ce nom, vos adversaires prétendent vous en interdire l'usage, le réservant pour eux seuls. Cette protestation indignée, adressée par vous aux journaux de Paris, les journaux de Paris se sont bien gardés de la reproduire. Là encore ils obéissaient au mot d'ordre voulu. Il n'en est pas moins vrai que vous y entriez dans le cœur même de la question. Il est incontestable que la peinture du sentiment humain nécessite pour l'écrivain le droit entier d'en reproduire toutes les phases dans leurs détails les plus multiples à la condition d'accorder une « part « bien haute à la conscience, à la dignité humaine, à « tout ce qui ennoblit en aidant à dominer la souf- « france, à tout ce qui fait triompher l'âme sur les « instincts ». Et vous démontriez que c'était là le but entrepris par vous, et qu'il était impossible à tout lecteur impartial de vous refuser cette justice à moins qu'il ne fermât volontairement les yeux et n'étouffât systématiquement les élans de sa conscience. C'est là, pourtant, le phénomène qui s'est produit. Puis, chose étrange! il s'est trouvé que ces aveugles et ces sourds ont eu raison devant la loi. Le tribunal correctionnel de la Seine a condamné *Madame Ducroisy* dans son ensemble et dans quatorze de ses principaux détails : de telle sorte que, par suite de cette exécution draconienne, — la troisième pour vous, — vous vous êtes trouvée ingénieusement convaincue d'avoir écrit ce que vous n'aviez pas voulu écrire et d'avoir dépeint ce que vous n'aviez nullement voulu dépeindre. En vérité, la Morale a été bien noblement glorifiée à vos dépens le 14 décembre dernier, et les mânes de nos joyeux ancêtres du XVIe siècle ont dû bien rire si les décisions de nos rigoristes contemporains leur sont parvenues dans leur suprême et paisible séjour !

« C'est que, il faut en convenir, la Morale a singulièrement changé de vêtements et d'exigences depuis trois siècles! Jamais dogme de convention n'a été si tourmenté par ses propres dévôts. C'est à ne plus s'y reconnaître. Il est certain que la morale du tribunal de la Seine n'est plus celle de l'ancien Parlement de Paris; et, pourtant, je n'ai jamais pu me convaincre que les d'Aguesseau, les l'Hospital, les Talon, les Cochin, les Molé et les Séguier pûssent être inférieurs sur ce point à feu M. Délesvaux, par exemple. Or, combien d'écrivains et de lettrés M. Délesvaux n'a-t-il pas condamnés pour des délits qui eûssent fait l'admiration et la joie des sévères justiciers de notre vieux Palais? Je le répète, la Morale a changé; et elle changera encore, suivant les besoins des temps et d'après les nécessités de l'hypocrisie des hommes. Quand l'homme diminue, la Morale se rapetisse : cela est forcé; sans cela, l'une ferait honte à l'autre, tandis qu'il importe à notre faiblesse que les deux se valent et s'entraident.

« Je me figure nos grands écrivains du XVIe, du XVIIe et du XVIIIe siècles revenant, pour quelques mois, sur notre chétif globe et ayant à répondre devant la 11e chambre du tribunal correctionnel de la Seine des joyeuses audaces de leur plume : je me les figure devant les subtilités élastiques de nos lois sur la presse, et cherchant à s'expliquer comment il peut se faire que le XIXe siècle, si légitimement fier de ses conquêtes égalitaires, se montre cent fois plus intolérant pour tout ce qui concerne les droits de la pensée que la censure, pourtant si soupçonneuse, de la vieille monarchie? A coup sûr, Bonaventure des Périers, Rabelais, La Fontaine, Voisenon,

Diderot et Voltaire seraient, de nos jours, relégués chaque année à Sainte-Pélagie, Arioste et Boccace expulsés du sol français, et la reine Marguerite de Navarre logée à Saint-Lazare ou à la Maison-Dubois! Ces gens-là ne sont-ils pas, en effet, de véritables affronteurs de toute morale? N'ont-ils point commis, les premiers, de ces détestables ouvrages dans lesquels, comme le promulgue le jugement du 14 décembre, «se rencontrent presque à chaque chapitre « des pages qui, soit par la nature des scènes qui y « sont retracées, soit par les expressions dont l'auteur « s'est servi, renferment au plus haut degré le délit « d'outrage aux bonnes mœurs »? N'ont-ils pas fait rougir les faces pieuses, désolé les âmes sans tache, réjoui les cœurs libertins? Et quelle justice, même française, pourrait tolérer, sans faiblesse coupable, de telles étrangetés, perturbatrices de tout bon ordre, attentatoires aux sentiments de tout bon citoyen?

« Pour parler sérieusement, notre législation édicte les impossibilités et les contradictions les plus extraordinaires. Il semble même que nos magistrats, en interprétant son texte, ne s'en rendent pas compte. Peut-être cela tient-il à ce qu'ils ont le sentiment littéraire moins exquis, moins raffiné que leurs ancêtres des Parlements. Ce qui est certain, c'est que leurs décisions créent, la plupart du temps, des anomalies inexplicables. L'histoire de vos mésaventures judiciaires m'en fournit, Madame, un exemple frappant.

« Il y a deux ans environ, le tribunal de la Seine condamnait *Alosie*, l'une de vos rééditions de Cor-

neille Blessebois. L'ouvrage était déclaré immoral te
dangereux, suivant la formule. Le livre se voyait
donc interdit, supprimé. Or, il arrivait ceci : c'est que
ce pamphlet, longtemps attribué à Bussy-Rabutin,
pouvait être reproduit indéfiniment par les éditeurs
des œuvres complètes de cet écrivain-courtisan,
tandis que, pour vous seule, son texte, soigneusement
restitué et rétabli, demeurait prohibé et soumis aux
rigueurs de la loi ! Le fait se passe de commentaires.
Il n'excite pas même le sourire, tant il soulève de
pitié. Pour moi, je ne veux, en le rappelant ici, que
faire ressortir une de nos intelligences légales,
sans accuser ni la loi ni ses interprètes : je me défie
trop de celle-ci, et plus encore de ceux-là.

« Grâce à ce manque de logique, qui donne à notre
législation deux poids et deux mesures pour des cas
parfaitement identiques, vous vous êtes trouvée,
Madame, trois fois poursuivie et trois fois condamnée.
Madame Ducroisy a subi le sort d'*Alosie* et des
Vestales de l'Eglise ; c'est-à-dire que votre roman a
dû satisfaire, à son tour, aux mêmes haines qui,
deux fois déjà, s'étaient appesanties, sans se rassa-
sier, sur vos œuvres précédentes, bien que celles-c
eussent soigneusement dédaigné tout appel à l'imagination pure pour ne s'appuyer strictement que sur
des données rigoureusement historiques. On a tenu,
sans doute, à vous démontrer qu'on était résolu à
ne vous laisser aucune trêve, quelque forme qu'il
vous plût de revêtir, et qu'on se flattait ainsi d'arriver
à vous faire abandonner une carrière dans laquelle
le sérieux et la conviction de vos études consti-

tuaient tout à la fois une menace et un danger pour des rivaux moins courageux ou moins bien doués. Et le pire de la situation tourmentée qui vous est faite, c'est que, femme de lettres, ce sont des jalousies de filles de lettres qui soulèvent incessamment l'orage autour de vous. A la persistance des rancunes, au raffinement des vengeances l'on reconnaît, du premier coup, le sexe de l'ennemi. Celui-ci compte autant d'adhérents empressés que d'années inavouées, ce qui n'est pas peu dire : il les compte dans tous les camps, dans toutes les puissances, dans les ministères, dans le journalisme, dans le clergé, même au Palais : chacun de nous, — je ne parle que des gens de plume, — est au courant de ce mystère, qui ressemble étonnamment au secret des oreilles du roi Midas.

« Il est vrai, Madame, que vous vous êtes permis des audaces criantes. Votre livre n'est pas moins un pamphlet qu'un roman. Songez-y bien! Les personnages de votre drame sont pris sur le vif, et chaque lecteur applique de lui-même leur vrai nom à chacun des masques. A ce point de vue, *Madame Du-croisy* est une œuvre puissamment sentie et cruellement rendue ; chacun sait ce qu'il faut penser, au fond, et de Thérèse Massicourt, la drôlesse de lettres sans sincérité et sans dignité, et de madame Viterlin, la cabotine sans pudeur, et de madame Saulon, l'intrigante cupide, et du « n'honnête homme », ce jésuite de robe courte. Tous ces types, variés et vivants, rayonnent sur votre œuvre et absorbent, en quelque sorte, l'héroïne elle-même. Or, je ne sais si vous

vous en êtes bien exactement rendu compte, ce procédé, peut-être inconscient chez vous, a fait de vous, l'élève ému de Georges Sand, un vrai disciple de Balzac. Pour mon compte, je vous en sais gré, préférant de beaucoup l'étude approfondie et toute prosaïque des caractères aux descriptions extra-humaines du sentiment.

« Là, toutefois, s'est trouvé l'écueil. Tant que votre plume a paru se consacrer exclusivement à des restaurations historiques, la jalousie seule s'est donné carrière. Mais du jour où le peintre de mœurs, où le satirique sans pitié s'est révélé en vous, la crainte a enfanté la haine, et celle-ci, soyez-en convaincue, se montrera inplacable. Vous le savez, du reste, et vous êtes assez courageuse pour persister dans votre route. Votre âme est de celles sur qui l'intimidation n'a aucune prise : l'injure elle-même vous laisse sans dédain. Peu d'hommes seraient capables d'un tel stoïcisme, et je vous avoue qu'il me surprend chez une femme. Certes vous me dispenserez, Madame, de vous exposer les raisons de mon étonnement ; mais soyez convaincue que ces raisons ne font qu'augmenter la respectueuse admiration que je ressens pour votre indifférente fermeté. Ce calme, il est vrai, redouble la rage de vos adversaires. Et, comme ils savent à merveille que vous ne vous départirez jamais de cette froide ténacité, qui les flagelle, ils ont essayé, à bout de ressources, une suprême intimidation. Ils se sont adressés à quelques uns de vos amis, plus timides, et ils leur ont dit : « Madame de Montifaud tente une lutte sans issue ; ce que l'on a

entrepris et ce que l'on poursuivra sans répit, c'est
une guerre à mort contre l'écrivain. Comme femme,
sa vie privée est inattaquable : comme auteur, son
existence est à notre complète merci. Qu'elle cesse
d'écrire, et nous l'abandonnons à son obscurité. Nous
sommes résolus à tout mettre en œuvre pour entra-
ver sa carrière littéraire, et nous y parviendrons par
la fatigue et le dégoût. Qu'elle le sache, et qu'elle s'y
résigne. » Voilà, Madame, ce que vous ont répété
des amis plus fidèles que braves, plus dévoués que
perspicaces. Mais c'est là une manœuvre dernière
dont vous ne vous êtes pas plus effrayée que d'aucune de celles qui les ont précédées : et vous avez
eu raison.

« Votre mépris en a redoublé. Cela devait être.
C'est, en effet, un des caractères les plus odieux de
notre époque que de voir avec quelle lâcheté nos
gens de lettres s'attaquent à quiconque ne peut leur
répondre. La belle besogne que l'injure jetée à une
femme ! Quels glorieux hauts faits que ces victoires
sans combat ! Quel contentement de soi-même l'on
recueille après avoir rempli l'office de limier de la
police et de pourvoyeur de la 11ᵉ chambre ! La Société des Gens de lettres n'est-elle donc peuplée que de
petits-fils de Vidocq ?

« Sans doute vous avez risqué plus d'une fois des
expressions et des phrases peu en harmonie avec
l'hypocrite pruderie du siècle. Sans doute vous vous
êtes placée de parti-pris au-dessus des convenances
de commande dont notre Société, si bigote d'appa-
rence, mais si viciée quant au fond, se montre ja-

louse. Vous vous êtes dit que l'écrivain, mieux encore que les lois et leurs pontifes, remplit un sacerdoce, ayant reçu de cette lumière universelle, qui n'est autre que l'intelligence humaine, la mission de flétrir toutes les maladies sociales et d'en provoquer la guérison par le tableau sincère qu'il reproduit dans ses œuvres de leurs turpitudes et de leurs hideurs. Vous vous êtes dit encore que, pour atteindre ce but, l'écrivain n'a pas de sexe, et que le simple témoignage de sa conscience lui suffit. Vos confrères en littérature et les juges de la 11e chambre se sont chargés de vous démontrer votre erreur. Vous saurez, désormais, qu'une femme est inexcusable d'oser se montrer vraie, et qu'elle doit se borner, dans notre monde contemporain, à encenser les forts et à respecter les hypocrites. Vous saurez, de plus, que la Morale a deux visages ; que, de même que Janus, l'une de ses faces souffle la paix, tandis que l'autre souffle la guerre ; qu'en un mot l'homme se fait craindre, et que la femme n'est créée que pour trembler. Et si vous me répondez que cette situation est souverainement injuste, je vous répliquerai, à mon tour, qu'il en doit être ainsi, parce que ce sont les hommes seuls qui ont façonné la loi à leur image et pour leur unique avantage. D'où cette conclusion finale, mais peu consolante : qu'il n'est pour la femme de lettres qu'une seule ressource, celle d'écrire à l'usage des couvents et autres asiles de haute orthodoxie des petits livres bien pieux et bien niais, lesquels ne sauraient porter aucun ombrage aux hommes bien pensants qui les liront et aux hommes bien pensants qui les jugeront. Vous vivrez, ce faisant, dans une quiétude, sinon intelligente, du moins parfaite. Je doute fort, néanmoins, que vous vous y résigniez, car vous êtes née pour la lutte.

« En résumé, Madame, je n'ai point réussi dans la mission que vous m'avez confiée, et je ne pouvais pas réussir. Je vous ai dit pourquoi. Vous vous y attendiez quelque peu, je suppose. Quant à moi, cet échec ne m'a point surpris : le triomphe, au contraire, m'eût étonné. Je ne vous en conseille pas moins de persister dans le combat. Votre énergie fatiguera la haine, et le succès de vos livres, qui se vendent en dépit de la conspiration du silence et du débordement des injures, saura bien, un jour ou l'autre, contraindre la Critique à sortir de sa réserve. Ce jour-là, vous dicterez, à votre tour, votre loi.

« D'autres que vous ont subi les mêmes misères : ils en ont triomphé par leur ténacité persistante. Leur exemple maintiendra votre courage. D'ailleurs, et c'est là le dernier mot de ma trop longue lettre, soyez bien convaincue que toutes les rigueurs ont un terme forcé, et que la justice elle-même s'incline toujours devant les heureux. Vous vous en apercevrez plus tard.

« En attendant, ne vous laissez point abattre. Votre conviction consciencieuse sera, tout à la fois, votre consolation et votre force. Joignez-y l'affection désintéressée de quelques amis sincères et dévoués. N'est-ce-pas assez pour soutenir sans défaillance et pour braver, au besoin, les amertumes de la vie ? Que d'écrivains ont surmonté le péril qui n'avaient point

pour les aider de telles ressources, de tels soutiens!
Ils ont vécu isolés: vous, du moins, vous sentez
battre auprès de vous quelques cœurs fidèles, sur le
désintéressement desquels les insinuations ou les
promesses de vos ennemis ne peuvent rien. Il vous
est donc permis d'attendre.

« Veuillez, Madame, agréer, avec l'expression de
mes regrets, l'assurance de mon plus respectueux et
de mon plus constant dévouement.

« RAOUL POSTEL,

Ancien magistrat.

Ancien rédacteur de l'*Écho Universel.* »

I

Je n'ai point reçu de leçons de boxe ou de savate ; sous le rapport du coup de poing, j'avoue
que mon éducation a été terriblement négligée, et je
dois de graves reproches à mes parents qui n'ont pas
su deviner, comme c'était leur devoir, que la savate
ou la boxe seraient un jour les seuls éléments de vic-
toire au milieu de la société dans laquelle j'étais
appelé à vivre. On ne pense pas à tout. Ils ont cru,
eux qui appartenaient aussi à la presse, que la
grammaire et la dialectique offraient toujours des
armes courtoises entre gens bien nés ; ils se sont
persuadés, — les naïfs, — qu'il existerait quand
même une société dont les adversaires pourraient
se dire les plus mortelles injures sans pour cela
emprunter un langage de portefaix. Quelle était leur
erreur ! Je les déclare donc responsables de tout ce
qui m'arrive, comme attaque de la presse. Pourquoi
ne m'ont-ils pas enseigné ce que c'était que le *chien*,
le *chic* et le *zinc* de ces messieurs ? Pourquoi ne
m'ont-ils pas appris, qu'entre gens de lettres, il
n'existait ni homme, ni femme et que le suprême du
goût consistait à se montrer auvergnat. Il est vrai,
qu'à cet égard, leur éducation devait offrir les mêmes
lacunes que la mienne. N'importe ! je persiste à dire

qu'ils ont eu tort : Foin de la grammaire et des belles lettres ! un gourdin, s'il vous plaît !

On a prétendu'que j'avais prononcé cette parole à l'audience : — *M. le président, j'ai fait une œuvre d'art.* Cela n'est point ; je ne me suis pas rendu ce hardi témoignage, et j'en appellerais, si cela m'était permis, à mes juges eux-mêmes. Mais puisque l'on m'applique cette parole, j'en endosse très volontiers la responsabilité. Ouvrir un livre, c'est fuir durant une heure ou deux les menus-propos de la foule; c'est demander à l'illusion quelque chose que les fabricants de chaussures à vis ne sont pas tout à fait susceptibles de nous procurer ; c'est réclamer de la conception d'un autre le pouvoir de nous arracher à nous-mêmes, de nous faire vivre quelque temps dans un monde qui sera de toute nécessité plus ou moins conventionnel. L'écrivain qui tâte du roman doit donc de toute logique faire œuvre d'art, et non œuvre d'orthopédiste. Par conséquent, ceux qui me font formuler cette phrase que je veux bien prendre sous ma responsabilité, je le répète, devraient bien plutôt s'étonner, je pense, si j'avais répondu à propos du susdit livre :

— *M. le Président, j'ai voulu piquer une paire de bottines.*

A présent je suis forcé de rappeler un instant que M. l'avocat-général m'a reproché de ne me classer dans aucune école. Je l'en remercie, car il me revient alors de droit de ne relever que de moi-même, de ma propre conscience littéraire. Pour le coup, voilà un complet démenti donné à M. Monselet, au *Soleil* et à d'autres feuilles qui ont soutenu très-hautement que le *naturalisme* des premiers chefs de l'école n'était rien à côté du mien ; que MM. X. et Y. étaient de petits saints à coté de moi. — Je fais remarquer, en passant, que si je ne rappelle pas les noms cités par MM. Monselet et Jean de Nivelle, c'est afin de ne pas causer à ceux qui les portent le désagrément d'être accolés à côté d'un misérable comme est actuellement considéré l'auteur de *Mme Ducroisy*. Je pense qu'ils m'en sauront gré. — Je disais donc que voilà un rude démenti donné aux deux archiloques du *Soleil* et de l'*Evénement* ; l'un des deux, M. Monselet, je crois, a prétendu que j'avais pastiché les maîtres. — Pardon ! il faudrait pourtant s'entendre. Si je les ai pastichés, je relève d'une école, j'ai des patrons derrière moi qui m'ont précédé dans la carrière du crime, et M. l'avocat général a tort de prétendre que je ne me classe dans aucune secte et que je n'ai pas de précédents. Si, au contraire, c'est M. de la Martinière qui a raison, si je suis une monstruosité, une aberration des lettres, alors je n'ai intentionnellement pastiché personne, — ce qui est absolument mon avis — je suis *moi*, moi tout seul, ce qui n'est certes pas assez ; mais enfin je suis *moi*.

Je me range sous l'épithète dont M. de la Martinière a bien voulu me *déterminer*, comme nous disons en matière de presse ; la première raison est qu'elle flatte légèrement mon amour-propre ; on me dispensera de fournir la seconde.

Me voilà donc libéré, du moins d'une façon hypo-

thétique, de l'accusation de faire du naturalisme. —
Alors je ne poursuis donc pas l'obscénité (1). Je ne
cherche donc pas de parti-pris la crudité des mots et
des teintes ; je puis, sans trop de présomption, dire
que je crée à mon tour ; je ne prends pas la vie
dans ce qu'elle a de grossier ou l'idéalisme dans ce
qu'il a d'abstrait ; j'invente un monde qui n'est,
selon vous, celui d'aucun ; je lève une flotte d'individus que vous critiquez parce que vous assurez
ne l'avoir vu nulle part — et je l'espère bien ; — il y
a donc, on l'admettra, une recherche, un but, une
intrigue, une conception ; et cette conception sait
d'où elle part et se rend compte de ce qu'elle est
et où elle va. En rhétorique comme en philosophie : concevoir, c'est choisir ; et qu'est ce que
choisir, sinon comparer, sinon élaguer un certain
groupe d'idées en étayant les autres ? Je ne suis donc
plus un miroir, un décalque d'une réalité grossière,
j'édifie et je poursuis, d'une façon relative, une
conjuration de sentiments au nom desquels je veux
que mes types succombent ou qu'ils triomphent ;
alors je déclare que chez celui qui se donne la peine
d'écrire son thème au lieu d'exprimer l'action qui se
verse au jour le jour, qu'il est impossible que celui-
là ne *s'emballe* pas pour ses personnages, ne rêve
point de nombreuses visées héroïques et ne les sur-

---

(1) Pour le parquet, obscénité et naturalisme étant choses
identiques, je suis obligé de m'exprimer ainsi ; mais cela
n'implique certes pas que je partage semblable façon de voir.

élève pas en grandeur, en sacrifice, en générosité aussi bien qu'en vice et en infamie.

Voilà pourquoi, soit que nous nous appelions réalistes, romantiques, naturalistes etc., il nous sera toujours impossible d'émouvoir, si nous n'avons d'une façon mathématique assigné les rôles secondaires et principaux à chacun de nos acteurs, et si nous n'avons écrit le thème de l'ouvrage selon le précepte de Baudelaire, dont je ne puis me rappeler le texte : il faut qu'un livre soit accusé, chapitre par chapitre, de façon à ce que l'auteur puisse commencer son œuvre aussi bien par la dernière page que par le commencement ; et c'est ce qui amène cette conclusion : qu'un roman dont le plan est fait à l'avance d'une façon aussi classique, ne sera jamais l'expression cynique d'un fait ou d'une idée. Il y aura de toute nécessité, chez l'auteur, un parti-pris dans le développement des caractères qui amènera près de la bassesse, de la méchanceté voulue de certains types, la vibration de quelques nobles vérités ; car, s'il est sincère, il serrera de près le sentiment humain dans ses laideurs comme dans ses exaltations. Il ne s'ensuivra pas, de là, qu'il sera ce que vous appelez un *utilitaire*. Jamais, entendez-vous, jamais l'idée d'utilité n'entrera pour quelque chose dans les conceptions de l'esprit ; le philanthrope et l'homme de lettres obéissent à deux principes qui ne se contrarient pas, mais que l'on ne saurait ramener à l'identité. La *moralité* de l'œuvre, c'est sa force, sa *vérité* passionnelle, et l'écrivain le plus catholique du monde, M. Barbey d'Aurevilly, qui, s'il pensait à

moi un jour, n'aurait pas assez d'encre à renverser
sur l'auteur de *Madame Ducroisy*, celui-là n'a-t-il
pas écrit cependant que : « vérité ne peut être
péché ou crime ; si on abuse d'une vérité, tant pis
pour ceux qui abusent ; si on conclut d'une chose
d'art *vivante* et vraie, si on conclut des choses
mauvaises, tant pis pour les coupables raison-
neurs..... A certaines gens, tout n'est-il pas pierre
d'achoppement, occasion de chute? l'Art doit-il
expirer vaincu par des considérations à hauteur
d'appui pour toutes les défaillances? doit-on le
remplacer par un système préventif de haute pru-
dence qui ne permette rien de tout ce qui peut être
dangereux, c'est-à-dire de définitif, *rien de rien?*

« L'artiste, continue-t-il, crée en reproduisant les
choses que Dieu a faites et que l'homme fausse et
bouleverse. Quand il les a reproduites exactement,
lumineusement, il a — cela est certain — comme
artiste, toute la moralité qu'il doit avoir. Si on a
l'esprit juste et pénétrant, on peut toujours tirer de
son œuvre, désintéressée de tout ce qui n'est pas la
vérité, l'enseignement parfois contenu qu'elle enveloppe. Je sais bien qu'on sera obligé de creuser
avant, mais les artistes écrivent pour leurs pairs,
ou du moins pour ceux qui les comprennent. »

Qu'ajouterais-je, moi qui me sentirai toujours
troublé en face des maîtres? Seulement cette triste
remarque : c'est que M. Barbey d'Aurevilly, *lui-
même,* commencerait par se déjuger, par donner le
plus formel démenti à ce qu'il a écrit plus haut, s'il
devait à son tour prononcer sur moi ; et, de plus,

j'affirmerai encore ceci : C'est que tout ce qu'il y a d'*exactement*, de *lumineusement* vrai, dans quelques endroits de mon roman, serait totalement nié par l'auteur d'*Une vieille maîtresse* qui, peut-être le reconnaîtrait tout bas, mais refuserait quand même de l'avouer tout haut, préférant en cela se mettre d'accord avec tous les bourgeois de plume qu'il exècre.

Pourquoi cette méchanceté qui n'est pas l'apanage d'un seul, mais celle de tous? Je le sais et ne veux point l'écrire; seulement je n'invente rien, et je n'exagère pas; alors même que je ne m'écarterai ni d'un point, ni d'un fil, des théories esthétiques professées par les maîtres du genre, je serai nié, outragé, absolument jugé sans discussion, comme dès aujourd'hui, et cela pour l'avenir. A moins d'un changement de choses que je ne prévois pas, je suis irrévocablement condamné littérairement par mes contemporains.

Ceci m'amène à quelques réflexions sur ce qui constitue les procédés dans toute œuvre d'imagination.

Sous peine de faire table rase de tous les préceptes et de toutes les obligations *classiquement* rigoureuses dans un roman, on admettra bien, sans trop s'engager, que « l'artiste, s'il est habile, n'accommodera pas ses pensées aux incidents, mais ayant conçu délibérement, inventera les incidents, combinera les événements les plus propres à amener l'effet voulu. » Le peintre et l'écrivain sont soumis à cette même règle, il me semble. Depuis Shakespeare jusqu'à M. Flaubert, l'art d'écrire exige, je crois, qu'on dresse cette même charpente, que toutes les parties d'une conception soient *intentionnellement* dirigées vers le groupe central d'effets voulus et rêvés, vers l'unité de sensations, en un mot. Eh bien, je demanderai avec une aveugle intrépidité aux hommes de chaque parti, à messieurs de la libre-pensée, comme à messieurs du *Constitutionnel* en lunettes et en cravate blanche, je demanderai — étant accepté cette nécessité du genre — si une intrigue romanesque ne se compose pas d'une succession de scènes, où la passion doit entrer fatalement, depuis le premier mot de son anatomie, jusqu'au dernier? Si, depuis Corneille jusqu'à Victor Hugo, il n'est pas arrêté que l'action entre une femme et un homme s'engage sur une certaine base de désirs, de tentations amoureuses qu'il faut bien, bon gré mal gré, que le lecteur accepte s'il veut lire un roman? Je demanderai, si ce que l'on est convenu de désigner par cette même intrigue, n'exige pas une série de sentiments gradués en violence, jusqu'à ce qu'il survienne ce que je désignerai par ce trait final . le complet *enlèvement* d'âme des principaux personnages autour desquels les autres ne font que pivoter? Voyons, franchement, ces lois ont-elles varié, et, depuis les impressionistes jusqu'au dernier des romantiques, n'en sommes-nous pas tous justiciables? Si je m'engage dans une fausse route c'est qu'alors l'intrigue doit se résumer dans cette scène unique, par exemple :

Le Héros — Je t'aime, ô ange de ma concupiscence, depuis que ce livre est commencé, je savais que c'était toi, que je devais aimer, et je m'en suis acquitté tout le temps.

L'Héroïne. — Moi aussi, je n'ai fait que cela. Eh bien, si tu veux, afin d'éviter toutes les scènes et tous les préléminaires qui outrageraient la morale, nous en finirons tout de suite.

Je suppose, que ceci serait une intrigue lestement brossée? On ne m'accuserait pas de chercher les détails obscènes ? Voilà qui est infiniment plus simple et plus catégorique que tout ce que l'on amènerait. Je proposerais même, pour ne blesser aucune oreille, de laisser en blanc dans le livre un espace de deux cent feuillets, et de prier le lecteur de remplacer par sa propre imagination, ce que l'auteur ne mettrait pas en relief, avec cette note indicative.

« La personne qui a acheté ces pages vierges est instamment priée de suppléer par le génie de son invention à tout ce qu'elles ne contiennent pas. Elle est sommée d'exécuter en elle-même, à son gré, toutes les marches et contremarches qui lui sembleraient nécessaires pour arriver au nœud le plus précis de l'action ; ensuite, elle est tenue également de bien vouloir se représenter les deux plus intéressants personnages, sous la couleur et les aspects qui peuvent leur être favorable, car il serait dangereux à l'auteur de lui en nuancer la peinture. Enfin, lorsque l'esprit du monsieur qui tient le livre aura suffisamment travaillé, il sera très-aimable de se figurer, quoiqu'il n'en soit rien, qu'il a lu des phrases imprimées, et s'offrir l'in-

time persuasion que ces phrases imprimées étaient un roman. Puis, quand tout ce travail sera fait, il devra, sous peine d'être un ignare, analyser ses sensations sur la manière de l'auteur dont le nom est sur la couverture et déterminer à quelle école il appartient. »

Continuer ma démonstration ne serait-ce pas avoir l'air de prendre mes détracteurs pour des ignorants, alors que leur science est réelle, que leur surdité est complètetement volontaire, et leur mauvaise foi tout ce qu'il y a de plus visible ? Pas un d'eux ne niera, j'en ai la certitude, les conditions rigides de cette chose qui s'appelle un roman, pas un d'eux ne songerait à s'en départir le jour où il l'entreprendrait. Eh bien, voilà pourquoi j'insiste sur cette vérité : c'est que n'ayant fait dans *Madame Ducroisy* qu'obéir à cette règle inviolable qui veut qu'on arrive par des nuances infinies à exprimer le don de soi-même, le don de son cœur, je ne saurais agir autrement pour mes œuvres futures sous peine de renoncer à écrire ce que l'on est convenu de nommer en langue usuelle : une fiction. Je serai donc par conséquent tout aussi coupable demain que je le suis aujourd'hui, si, demain, je ne me départis pas de ce qu'il est rigoureusement nécessaire qu'un romancier observe. J'ai donc raison de déclarer qu'en ce moment, comme plus tard, mes contemporains m'ont irrévocablement condamné si je ne donne pas dans le piége qui m'est tendu par l'administration.

Un piége? Oui, un piége, et un piége grossier, un piége qui se distingue tellement à l'œil nu qu'on cherche comment il se fait que ceux qui l'arborent n'en aient pas trouvé un plus subtil. Ce piége le voici : « En forçant Marc de Montifaud, par des condamnations reitérées, à supprimer ce que l'on permet aux autres, se sont-ils dits, ce sera le moyen d'enlever de ses livres tout ce qui constitue les lois classiques, les lois réglementaires, infaillibles, imprescriptibles de l'intrigue romanesque ; ce sera par conséquent l'obliger à ne penser, à n'écrire que des livres sans amour, sans dialogue, sans situations, à ne plus posséder qu'une série de scènes vides sans unité, à se contenter d'un papillonage de phrases. Encore deux ou trois saisies et il y sera contraint, tant la durée de l'emprisonnement l'effraiera. Et alors, quand il aura cédé de guerre las, nous ajouterons : vous voyez bien que l'auteur de *Madame Ducroisy* ne connait pas les plus simples éléments de l'art de la fiction, puisqu'il ne possède ni intrigue ni conception, puisqu'il ne sait pas même qu'il est de toute convention de concentrer l'intérêt sur deux ou trois têtes, de mouvementer les caractères au nom de la passion, d'en faire jaillir la lutte, la discussion sans lesquelles il est impossible de réaliser œuvre sensée ; alors nous lui reprocherons ouvertement d'avoir enlevé de ses romans ce que nous le contraignons à en retirer maintenant. » En vérité, la ruse est tellement lourde, tellement enfantine que je me demande comment on a pu croire que je m'y laisserais prendre. Sérieusement, est-ce qu'il suffit de *vouloir* que j'écrive comme *ceci* ou comme *cela* pour que je le fasse ?

Retranchez, brûlez, condamnez, bafouez, mais rap-
pelez-vous que si j'écris, ce sera à la condition de
n'élaguer aucune des lois qui régissent la composition,
de m'y soumettre d'une façon aveugle, et de regarder
encore bien plus dans l'âme, dans l'esprit, dans le
cerveau, dans ce qui fait la largeur et l'élévation du
sentiment que je n'y ai regardé jusqu'à ce jour ; rap-
pelez-vous que si j'écris, je déclare imperturbable-
ment que je traduirai autant qu'il sera en mon pouvoir
la passion dans ses éloquences, que je condamnerai
le vice en ses abjections, mais que, pour cela, j'aurai
besoin d'employer même force de peinture, même
énergie de déduction, puisque passion et vice restent
également fascinateurs dans le domaine du réel.

Et ce sera toute ma réponse à d'excellents con-
seillers dont je loue les intentions sans les suspecter,
et qui, sous l'influence d'une terreur sincère, d'un
effroi presque naïf m'ont crié : — Cédez ! cédez !
O grand Dieu ! changez de genre ! — Mais encore,
dites-moi, je vous en prie, si, en tant que peintre,
je suis espagnol ou hollandais, comment je puis
tout à coup me transformer en italien ? Vous pré-
tendez qu'à vouloir saisir la « réalité humaine,
crime ou vertu », je serai broyé. Bien ! mais cela
prouvera une fois de plus que ce que l'on permet à
d'autres on me l'interdit, que la 11e Chambre a
deux poids et deux mesures quand il s'agit de moi,
et la presse trente-six autres poids et quarante-six
autres mesures quand ma personne est en jeu. Vous
ajoutez, qu'on m'impute de me complaire dans l'ex-
citant des peintures ? Essayons une comparaison.

Je vais tout à l'heure représenter Salomé portant sur un plat d'argent le chef de Jean Baptiste. Sera-ce une raison pour m'accuser avec le même sérieux d'avoir voulu symboliser dans ce même plat où j'aurai placé une tête unique, le tête de tous les prophètes patentés qui m'ont jeté de la cendre ou de la boue ?

II

Qu'est-ce donc qui aurait déterminé la singularité de ces poursuites dont chacun s'est si fort étonné en dehors de la presse ?

Je crois le découvrir dans les discussions polémiques dont j'ai enveloppé le roman de *Madame Ducroisy*. Si j'étais l'écrivain licencieux qu'on proclame, je ferais consister tout l'intérêt d'une œuvre dans l'expression unique de la jouissance ; loin de là, j'introduis au courant de mon action la présence de certaines thèses philosophiques, de certains problèmes de conscience sans lesquels je ne crois plus possible d'intéresser le lecteur à une époque où l'on a un autre mobile que l'attrait sensuel d'un plaisir, dans la lecture d'une action littéraire ; voilà ma seule culpabilité. Qu'il me soit permis de dire, puisque la loi autorise l'examen du jugement qui me frappe, que l'on ne m'attaque point directement en face, mais que cette inculpation « outrage aux bonnes mœurs, » vise des pages de dissertations d'économie sociale qui ont déplu à l'administration. Telle est, je dois l'avouer hautement et sans la moindre intention de blesser les magistrat[s] qui m'ont condamné , telle est la cause unique, la cause dominante de la répression qui pèse sur *Madame Ducroisy*.

Les deux ou trois premiers journaux de la presse parisienne, ceux qui restent à la tête du mouvement européen, m'ont largement éreinté, mais ne m'ont point insulté. Ce n'est pas à eux que s'adressent les passages suivants. Je déplore douloureusement le malentendu qui existe entre eux et moi, ma fierté s'oppose à ce que j'en appelle de leur jugement ; mais, jusqu'à nouvel ordre, je veux espérer qu'ils n'ont pas dit leur dernier mot à mon égard. Il en est de même de la *Patrie*, de *Paris-Journal*, etc. Seule, une feuille qui a eu son heure de prospérité, mais qui possède à sa tête un directeur jeune qu'on prétend atteint de folie périodique depuis la mort de son frère, cette feuille chez laquelle les rédacteurs ont des témoins qui refusent le duel pour eux, cette feuille dont un des chroniqueurs passa au *Figaro*, qui ne tarda pas à le mettre proprement à la porte, seule essaya de me flétrir... deux ou trois jours de suite, s'imaginant peser de beaucoup dans mes destinées. La fatuité n'est pas mince !

L'outrage aux mœurs ! l'outrage à la morale ! Et l'on croit que mon cœur est à la disposition du premier venu pour qu'il y dépose cette insulte ? Et vous vous figurez, bonnes gens que vous êtes, que l'un de vous, lorsqu'il me crie l'injure, a le pouvoir de la faire pénétrer en moi, et que mon cerveau en est blessé ? Mais alors que vous diriez que j'ai tué ou volé ou incendié en serais-je bien marri ? Mais votre châtiment, c'est la vente du roman que vous ne pouvez réussir à enlever d'entre les mains de l'acheteur; c'est la rage sourde qui amène lentement la congestion, qui vous fait grimper à l'arbre comme l'ours Martin chaque fois qu'une page de moi fait son apparition. Sachez-le donc, l'incroyable toute-puissance de la pensée a sa règle voulue, fatale, imprescriptible, absolue, qui fait impitoyablement justice d'une œuvre, alors qu'elle est réputée bonne si elle la juge mauvaise, qui la lui fera rejeter avec dégoût malgré les réclames, ou lire avec obstination malgré les persécutions du Parquet.

Il n'est pas rare de voir dans certaines feuilles qui se posent en redresseuses de torts, des idées absolument contradictoires, du jour au lendemain. Ainsi, dans un de ces journaux *bien pensants*, à quinze jours de distance, on pouvait lire : « En thèse générale, mieux valent des enfants que des livres à l'actif d'une femme, ces livres fussent-ils beaux et ces enfants médiocres. N'aimerait-on pas mieux qu'elle passe sa vie à débarbouiller d'obscurs marmots et quelle ne sache pas écrire ? » Puis alors, cette autre antienne, mais pour idéaliser les faits et gestes des reines de la fortune et de la mode: « Que l'on réédite, pour la millième fois, à leur intention, la célèbre bêtise de Proudhon : Ménagère ou courtisane ! pour ma part, je me défends de ces banalités d'usage et je considère que la femme qui peint une toile, écrit un livre ou compose un opéra est plus estimable, — si médiocre qu'elle puisse être dans son art, — que celle

qui borne son attribution à une robe de Madame
Rodrigues ou une rivière de Mellerio ». Voyons, de
bonne foi, ne serait-on pas en droit de jeter à ces
fameux moralistes cette réplique de la Rissole :

> J'enrage de bon cœur quand je trouve un trigaud
> Qui souffle tout ensemble et le froid et le chaud.

Qu'espère-t-on, je ne dis pas lorsqu'on me discute
ou lorsqu'on m'accable, mais lorsqu'on m'outrage ?
que je vais tomber anéanti, que je ne m'en relèverai
pas ? Mais comprenez donc que si l'ironie judiciaire
n'a pu me dessaisir de mon orgueil, c'est qu'il n'est
pas saisissable ; comprenez donc que l'on finit par
acquérir à la longue de surprenants aplombs qui
vous clouent indifférents en face de l'arbitraire ;
qu'il est des instants où, sans phrase, sans métaphore outrée, on irait aussi tranquillement à la
mort qu'on va dîner. Je n'invente rien, je n'exagère
pas ; le déshonneur que vous cherchez à m'imposer
ne peut m'atteindre, parce que, logiquement, il ne
découle d'aucun de mes actes ; hors les liens de fa-
mille je vis seul ; le monde m'est égal ; je n'ai point
de sacrifice à lui faire, parce qu'il n'est point en son
pouvoir d'augmenter d'une faible parcelle ce que je
puis être, de même qu'il n'est pas non plus en sa
puissance de m'amoindrir. Je ne lui dois point de
reconnaissance pour ce qu'il m'accorde, de ressen-
timent pour ce qu'il me refuse. Libre à vous de demander pour moi la claustration à perpétuité ; si elle
s'exécute dans un endroit acceptable, il est possible

que je l'envisage face à face et que je l'accepte,
comme il est possible aussi, qu'après examen, je
m'en défende. Sans amis, parce que je n'ai pas de
quoi les acheter, sans protecteurs parce que je ne
veux pas me vendre, j'accepte le dévouement qui
vient à moi sans lui en vouloir lorsqu'il se retire,
sachant que les choses humaines ne peuvent durer
qu'un temps, et je ne suis pas même sûr de bien
haïr, tant mon indifférence est réelle et non jouée.

III

Je sais d'ailleurs si bien que toute chose sor-
tant de ma plume sera taxée d'*obscène*, que le
mot me laisse indifférent à présent. Il en est de ce
mot comme de celui de *pillard* décerné à M. Sardou ;
à force d'entendre siffler le même air à mes oreilles
je me suis aguerri, et le lecteur fait de même.
Le parti-pris d'injure envers un écrivain oblige de
venir à lui. En voici la preuve : *Madame Ducroisy*
a été accueillie à son début par la note sympathique
de deux ou trois journaux. — Et qu'ils sachent,
ceux là, que si je ne les nomme point, c'est pure
délicatesse de ma part ; je les ai remerciés en par-
ticulier, et je les remercie encore ici. — Eh bien,
trois semaines après, la police correctionnelle était
obligée d'intervenir dans la vente du roman qui deve-
nait assez sérieuse pour l'inquiéter. Ce ne fut donc
pas la réclame qui l'amena jusqu'où il parvint, mais
plutôt l'avis loyal de quatre ou cinq plumes éner-

giques qui ne craignirent point de déclarer l'œuvre
bonne.

Qu'advint-il? C'est qu'alors, la presse eut la tactique
qu'elle emploie chaque fois qu'un de mes ouvrages
paraît; elle attendit la condamnation pour prononcer son verdict définitif, et voici la façon dont elle
procéda : « Nous ne connaissons point le livre, nous
l'avouons franchement ; mais l'autorité ayant donné
les *attendus* du jugement, nous le décrétons obscène. »
J'ai beau ouvrir l'histoire des chiens célèbres, impossible de rencontrer un exemple de soumission
plus rare envers un maître révéré. Qu'on vienne
dire, après cela, que les journaux parisiens ont de
l'initiative! Qu'on vienne vanter leur autorité et as-
surer qu'ils se targuent d'indépendance! Où voulez-
vous trouver prosternation plus absolue ? — Ils ne
connaissent pas le livre : non ; ils aimeraient mieux
mourir ! Mais ça ne fait rien, il est obscène. Les man-
darins qui passent leur vie à se faire entrer leurs bou-
tons de tunique dans le ventre, à force de se l'aplatir
officiellement par devant l'empereur et dieu, ne sont
rien auprès des nombreux *quatre-pattes* de la presse
parisienne... Seulement, je me hâte de convenir
que cette remarque ne saurait les atteindre que
lorsqu'il s'agit de ma personne. En ce qui concerne
les hommes de talent, de quelque nationalité qu'ils
relèvent, la clairvoyance, la haute sagacité de la
presse ne leur font jamais défaut ; pour retrouver
sa souveraine impartialité, il n'est besoin que de
voir mes confrères sur la sellette : la plus stricte
justice leur est rendue.

Mais la plus singulière des attaques est certes l'attaque de M. Louis Ulbach qui prétend que je continue Zola « comme la rue de Pantin continue la rue Lafayette.» Cette phrase établit une distance assez respecteuse de M. Zola jusqu'à l'auteur de *Madame Ducroisy*, pour que M. Zola ne puisse s'en offenser ; et, quant à moi, il ferait beau voir que je fasse mine de bouger et de m'indigner d'une comparaison grossière. Ah bien, oui ! mais alors, la magistrature ne saurait quel supplice inventer pour me servir à M. Ulbach les quatre veines ouvertes. « Comment, on attaque l'auteur de *Madame Ducroisy*, et ce galeux, ce paria se permet de répondre ? » L'auteur de *Monsieur et Madame Fernel*, en qui j'avais l'illusion de voir un allié, m'étant assez proclamé le desservant du romantisme, dans mes *Romantiques*, celui-là invoque un rapprochement entre les tonneaux de la compagnie Richer et ma personnalité, à laquelle il ne daignerait certes point songer s'il avait du bien à en écrire... Parce qu'on l'a tondu de trop près, il s'en prend à moi ! Je ne vois pas de quel droit M. Ulbach reproche au style des autres de sentir mauvais ; s'imagine-t-il, par hasard, que sa phrase est désinfectrice ? En trouverait-il, je ne dis pas la moitié, mais seulement le quart d'une phrase pareille à la sienne, dans les quatre cents pages de *Madame Ducroisy*, s'il les lisait ?

L'auteur de l'*Assommoir* a le droit d'être juste ou injuste envers ses compères, ce n'est pas à moi de m'en occuper. Je l'admire, — ce qui lui est sans doute parfaitement égal, mais cela, sans rechercher si l'article fameux qu'on lui reproche est sensé ou non. Je n'épouserai jamais les querelles des autres, attendu que les autres n'épouseront jamais les miennes. J'estime même que, si un motif quelconque pouvait ramener ces messieurs à une douce harmonie, ce serait une entente entr'eux pour me tirer aux quatre chevaux de l'outrage... Or, ne prévoyant pas l'époque où une convulsion sympathique surgira à mon égard, je n'ai pas à déguiser ma pensée. Donc, je fais cette remarque : si M. Zola se révèle un passionné, il n'a jamais été un calomniateur, tandis que M. Ulbach en est un à mon égard, et de la pire espèce ; car il flétrit de gaieté de cœur un livre sans le connaître. Il a cependant assez de talent pour permettre aux autres d'en acquérir. Et quand on pense que cet homme qui loue les artisans de la phrase, me reproche précisément d'être le contraire de ce que je suis vraiment : un fanatique de la forme, ce que le *Journal des Débats*, si sévère qu'il soit, me concède, lui, sans un instant d'hésitation.

Je ne continue personne, quoique M. Ulbach le prétende ; les maîtres actuels, que je vénère, si j'osais m'instituer leur disciple, grand Dieu ! ne sauraient quel vitriol m'injecter dans les yeux. Les morts seuls peuvent être avoués comme mes maîtres ; au seuil de leurs tombeaux j'apprends à aimer le vrai pour lui-même, et à dégager l'art de toute question d'industrialisme. Les vivants ne se souviennent qu'ils sont mes chefs de file que pour m'envoyer pourrir dans les geôles de l'Etat, en s us c tant des poursuites. C'est une raison assez plausible, je pense, pour que je ne tienne à aucune coterie, à aucune chose. Supposent-ils d'ailleurs, mes doyens, que s'ils ont peur de m'enrôler dans leur brigade, je tienne davantage à les prendre comme patrons ? Allons donc ! M. Ulbach, au point de vue littéraire, ment outrageusement, comme le drôle du journal la *Liberté*, qui m'insulte sous le voile de l'anonyme, en me déniant le droit de réponse qu'on ne dénie pas au plus vil criminel. Il me deviendrait facile, empruntant le style de M. Ulbach, de lui rendre épithète pour épithète, au sujet de sa rue de Pantin, avec laquelle il établit un parallèle à ce que j'écris. On prétend qu'on s'enrichit à remuer ce qu'il touche. Grand bien lui fasse ; mais c'est une raison qui me fera éviter cet homme qui, par sa comparaison, s'assimile à un vidangeur de lettres.

En voilà assez, je suppose, pour ceux qui me croient désarçonné. Je ne le serai jamais par une critique littéraire de cet acabit, quelque ignoble qu'elle soit. Il faut un peu plus pour m'écraser, et cet un peu plus, je le dis carrément parce qu'il m'importe peu qu'on en rie, ne serait que la perte d'un des miens ; ce jour-là, je n'existerais plus, en effet ; jusque-là je vivrai. Je vivrai très-tranquille devant ce colosse de l'envie, qui fait les cornes à tout écrivain de veine. Je vivrai, n'ayant pas perdu la faculté d'admirer, me servant des hommes, peut-être, et ne leur servant à rien, regardant ceux-ci s'alourdir, et ceux-là se quintessencier, les uns entrer dans le jésuitisme littéraire, les autres crever de mâle rage, et tous ensemble comme s'ils s'étaient concertés, frapper à la porte de l'Académie dont ils auront joliment mordu le sein avant de lui demander humblement à s'asseoir dedans.

Le croirait-on, il est quelque chose qui l'emporte sur les délations qui se préparent et les condamnations qui nous attendent, nous, les romantiques de race, que le Parquet déclare obscènes : c'est lorsqu'en nos prisons nous sentons l'idée dans un nouveau vêtement, dans une nouvelle chair nous cogner le front et nous meurtrir les bras, comme un enfant devenu plus fort que sa mère et dont elle jouit orgueilleusement. Du reste, l'on a dit que je ne croyais à rien, et, sans m'expliquer là-dessus, je répondrai qu'on aurait bien pu sauver la forme artistique de ce naufrage de mes croyances ; la forme, cette solide résistance de la matière à laquelle on montre inutilement le poing, a concentré en elle le respect que les représentants de la société actuelle sont impuissants à m'inspirer ; la forme qui commande le halte-là, et fait les plus rebelles s'agenouiller ; qui met le bras jusque sur la nuque des juifs actuels, les contraint de payer à tant la ligne, dans leurs journaux, ceux qui officient en son nom. Et comment donc la supprimer, la forme ? N'est-elle pas la vraie royauté de droit ? Et c'est à propos d'elle que nous ajouterons : cingler la phrase pour la voir se rebiffer dans ses colères, ou la coucher tout endolorie de souffrance veuve de l'épithète qui feint de lui être infidèle et d'en visiter une autre plus fortunée, guetter le moment où cette phrase nous paie de toutes nos attentes en se relevant avec ses furies de morsures dans ses vêtements fumants :

voilà ce que connaissent ceux qui, comme moi, se
préoccupent du moule, de la facture, de l'expression
exacte, de l'expression pour laquelle on briserait les
fétiches les plus révérés de la langue, à cause de
laquelle on risquerait jusqu'à sa tête, lorsqu'il s'agit
de créer une enveloppe imprévue qui choque, qui fait
que chacun se lève en bataille pour repousser l'au-
dacieuse figure de cette locution subitement née.

IV

Un des principaux chefs d'accusation de *Madame
Ducroisy* atteignait le portrait de Thérèse Massicourt,
page 77, portrait qui n'est fait que par sous-entendus.
M'est-il permis de demander à quoi servent les sous-
entendus, au point de vue grammatical, si ce n'est
à envelopper ce que la pensée aurait de trop cru ?
Par la raison que je l'enveloppe, cette pensée, je ne
vise donc point au scandale. Depuis le gazetier du
XVII siècle jusqu'au journaliste actuel, a-t-on vu
rédiger un seul « fait-divers » sans employer le
sous-entendu ? Rappelons-nous cette jolie image à
propos d'une célèbre demi-mondaine : « L'hôtel de
mademoiselle de *** est achevé, il ne reste plus
maintenant qu'à poser le trottoir. » Est-ce que ce
n'est pas là une de ces paroles à double entente où
l'intention moqueuse, l'idée du chroniqueur sera
comprise à travers le voile dont il la couvre ? Est-ce
qu'il ne procède point, lui aussi, par une de ces insinuations qui n'échappera à personne, mais dont on ne

songe jamais à s'offenser? Et moi, lorsque je compare Thérèse à « une route trop piétinée par le cavalier, qui se lasse d'en subir la monotonie parce qu'il y rencontre partout les même sites sans rien d'imprévu, » en quoi donc, de par tous les Vaugelas, de par tous les codes, en quoi donc ai-je écrit une obscénité? La comparaison d'un sentier battu faite à l'endroit d'une femme dont les capacités d'affections restent critiquables peut-elle paraître choquante? Je soutiens formellement que non, et j'en donne cette preuve : c'est que de jeunes oreilles ne découvriront rien au portrait que j'ai tracé ainsi d'une manière aussi détournée, et qu'il faudrait une intelligence initiée à toutes les roueries pour percevoir les subtilités, les équivoques qui se dérobent dans ces phrases, dans ces attaques voilées. Une chose si enveloppée, qu'elle exige pour être saisie et bien pénétrée une imagination mûre, n'est donc point cynique, et encore bien moins outrageante dans le tableau qu'elle exprime. J'ajoute alors que ce qui relève du sous-entendu ne saurait s'obscénifier, puisqu'une description obscène n'est telle que parce qu'on la représente sans aucune gaze, dans une brutalité qui n'emprunte le secours d'aucune métaphore.

Si j'insiste ainsi sur cette question, c'est qu'en réalité il ne s'agit pas d'autre grief dans les chefs d'accusation promulgués contre *Madame Ducroisy*. Et ce qui est *matériellement* sous-entendu dans les scènes, dans les individualités, dans les situations, ce que je me suis efforcé de rendre par des périphrases, en évitant de mettre le mot trop vif, le terme trop exact, que j'ai au contraire réservé pour ce qui ne concernait pas les «encharmements» de l'amour, tout cela, je le répète, est encore regardé comme licencieux.

C'est qu'il y a de faux bonshommes en critique comme il y de faux pauvres. Ceux-là sont toujours pressés de jouir du fruit de leur proie. Et quelle sera cette proie? l'écrivain qui, ne se contentant pas du tâtonnement, de l'incohérence littéraire, poursuit avec une froideur imperturbable la méthode scientifique de l'analyse du cœur et des sens.

Ah! l'on ne nous sera jamais tendre. Si nous nagions dans une mer sucrée d'idéalisme, nous aurions notre place entre une bande de tapisserie, une lampe carcel et une étude de Lefébure Wély, et nos tombereaux de prose seraient accueillis respectueusement. Quand, à force d'offrir aux lecteurs des carafes de lyrisme, nous en arriverions à ce qu'une grosse dame bondée d'émotion s'écriât, quand sa fille est couchée : — « Vois-tu Agénor, ou Achille, ou César, mon âme a été trop longtemps comprimée par ton indifférence; il faut que j'aime, entends-tu? il le faut! » — Nul ne nous jetterait une parcelle de pierre, et le mari auquel on lâcherait une pareille détente au fond de son gilet, après lecture d'un de nos livres, subirait la chose stoïquement sans songer que la franche et cordiale réalité, la virile désinvolture de la phrase laissent du moins les cases du cerveau à leur place.

Mais non, il faut de l'idéalisme ; on ne se contente point d'en rêver, on en respire, on en mange, on en graisse le talon de ses bottines, on en souffle dans ses nœuds de cravate, les femmes de chambre se surprennent tout d'un coup, à se murmurer au-dessus des grasses épaules de leurs maîtresses : — Tiens, pourquoi donc n'aurais-je pas aussi l'âme tendre? La cuisinière, les deux poings sur les hanches, vous criera un matin : — De quoi, de quoi, il n'est pas permis de sucrer son café avec du lyrisme ?... — Que voulez-vous, il faut bien que chacun y aille... et c'est à frémir quand on songe à tous les idéalismes qui sont encore en portefeuille, et par conséquent à l'avenir qui attend quelque courageux défricheur.

De même que, selon cette loi de l'Anthropologie, « les êtres organisés ont une tendance à se modifier entre certaines limites et dans des sens divers, c'est-à-dire à s'écarter du type des êtres qui les ont produits, par quelque particularité. » De même les incidents identiques se présentent dans les espèces morales, où, certains principes d'adaptations opérant sur les individus, ont le don de les transformer. Nous assistons alors à plusieurs manifestations curieuses de l'esprit, de la matière, de tout ce qui constitue l'action, de tout ce qui fait « exercer la force dans le combat pour l'existence. » Or, le plaisir, la méchanceté, la haine, le dévouement, la générosité ont leur place dans la totalité de ces mêmes forces dépensées pour la lutte ; on ne peut les en exclure, par une loi toute rationnelle, et leur analyse, leur dissection est commandée à l'écrivain ; leur durée, leur surface tiennent une place mathématique dans cette autre surface de l'humaine nature, et nous voici de plein droit, heurtant le naturalisme, ce mot qui fait pousser tant de clameurs, ce mot qui n'est point l'expression d'une nouvelle école, mais une pure concession philosophique à l'état des lettres présent. Qu'est-ce que le mouvement naturaliste, sinon une évolution particulière du romantisme? Les moules changent, les faits se transforment, mais l'idée reste la même, et c'est le romantisme qui reparaît sous des noms divers. Seulement, on nous embrigade avec des adjectifs imprévus. A d'au'res! Est-ce que nous ne voyons point ce qu'il en est. Que réclamons-nous, que voulons-nous? Traduire dans un enchâssement précis, par les images qui leur sont propres, les phénomènes absolus de la vie et de l'intelligence, sans préoccupation d'école; faire ressortir l'irrésistible vérité des choses, en remontant à leur état élémentaire dans l'être humain, et prouver que les actes successifs à travers lesquels il se démène, ne sont point isolés, mais au contraire reliés les uns aux autres, relevant absolument des lois pathologiques qui régissent la machine terrestre : voilà le but, voilà l'expression du naturalisme assez défini ; rechercher enfin l'embryogénie de tous les faits, comme on décompose chimiquement une série de corps organiques, comme on les voit poursuivant leur but à travers une variété de formes marquées d'une finalité précise.

Eh bien, la conscience, l'homme, la lutte physique ou morale ont leurs séries évolutives, et ce qui apparaît dans un roman de trois ou quatre cent pages, c'est l'existence moderne en ses nombreuses sphères d'activité.

V

En ce qui concerne les personnages, le « n'honnête homme », Thérèse Massicourt, Madame Viterlin, la Petrowska, la Saulon, l'avoué Ba-be-bi-bo-bu, si j'ai un reproche à me faire, c'est de n'avoir pas assez accusé, dans le fond, la noirceur et l'abjection des caractères. Le plus vil de tous est sans contredit ce plat gueux de « n'honnête homme » et c'est, malheureusement celui qui se dégage le moins.

Je ne dois point passer condamnation sur ce chapitre ; non, je n'ai pas assez creusé la perfidie de Thérèse ; je n'ai pas assez flétri l'abandon qu'elle fait de Raymonde. L'amitié à laquelle je suis moins autorisé à croire que les autres, est une chose à laquelle il faut conserver sa figure héroïque, sans celà les nobles lignes qui nous font encore trouver quelque grandeur de profil en nous, sont à tout jamais perdues. Je devais donc marquer du fer le plus intense l'un de ses transfuges, à une époque où il est de bon ton de les accueillir, et je ne l'ai point fait. Je le confesse, j'ai eu peur qu'on ne rie en m'entendant m'indigner. J'ai été plus étonné, que le Parquet s'offensât du rôle donné par moi à Ba-be-bi-bo-bu, et j'ai vainement cherché pourquoi ce petit drôle d'avoué avait attiré son attention. Le « n'honnête homme », si toutefois ma mémoire est exacte, à été toléré ; on a supposé qu'en un coin quelconque de la société devait vivre cet être ignoble, et l'on ne s'est point récrié sur l'horreur que j'avais tâché d'en inspirer et qui n'est point suffisante, à mon avis. Nul, à son égard, ne m'a accusé d'avoir dépassé les bornes ; du moins, je le suppose.

J'ai défendu le roman de *Madame Ducroisy*, au point de vue de la nécessité des scènes amoureuses qu'une intrigue y amenait forcément. J'ai répondu, au sujet du reproche d'obscénité qu'on m'adressait, que l'emploi des sous-entendus dans les endroits les plus vifs de l'ouvrage, prouvait absolument le contraire d'une intention obscène, puisque les sous-entendus sont, de mémoire d'écrivain, destinés à jeter une gaze sur la peinture d'un portrait ou d'une situation. Je ne suppose pas que le dialogue relève d'un autre précepte que de ceux que j'ai rappelé sur les règles du roman. Une œuvre d'imagination exprime à de certains instants, un état ou une action voluptueuse ; je ne vois pas que le dialogue puisse faire autrement que de s'y rapporter, puisqu'il est nécessairement la projection de l'âme ou de l'esprit des personnages, des sentiments faits pour éclater sous le ressort, sous la pression de l'intrigue.

Certes, je n'ignore pas que le moindre des illettrés sait fort bien à quoi s'en tenir sur ces conditions les plus classiques du monde ; mais, si je les rappelle, c'est toujours afin de demander pourquoi on feint d'en méconnaître l'intervention lorsqu'il s'agit de *Madame Ducroisy*. Enfin, je demanderai, non moins sérieusement, si l'esthétique du corps humain peut être exclue d'un roman, et si un décret n'en permettra la discussion que pendant trois mois de l'année à l'occassion de la critique des académies du *Salon* ?

Alors, *Daphnis et Chloé*, *la Femme de feu* seraient donc passibles des mêmes sentences? lorsqu'au contraire, et avec raison, la saine critique leur reconnaît droit de cité. Je me souviens, qu'au début de mon procès, un homme de haute valeur m'a dit judicieusement :

— C'est vrai, il y a des précédents; mais ne vous appuyez point sur eux, car le parquet n'a qu'une réponse là dessus : « Nous n'avons point poursuivi ceux là, mais est-ce une raison pour n'en point poursuivre d'autres, quand nous le jugeons nécessaire. »

Comment faire, alors, si je ne peux plus m'enclore dans les termes admis par la censure? J'ai cependant, il me semble, l'obligation très logique de me formuler cet argument : — la liberté d'aller jusqu'à une limite fixe est tracée en quelque sorte par le Parquet, puisqu'il a autorisé la vente de tel ou tel roman ; je n'irai pas plus loin que cette limite, je me garderai scrupuleusement de la franchir; mais, sous peine de supposer qu'on édictera une loi tout exprès pour moi, le simple bon sens, veut que, comme romancier, je me trouve assuré de n'être arrêté dans mon parcours que par une barrière commune à tous les autres romanciers; pourquoi auraient-ils la permission d'atteindre jusqu'à ce rempart et devrais-je, moi, m'arrêter en chemin?

Plus que jamais, je le répète et je le soutiens jusqu'au bout, car aucun ne l'avouera après moi : il y a, en ce qui me regarde, deux poids et deux mesures.

Plus que jamais, je réitère ce que j'ai dévoilé en passant : l'outrage aux bonnes mœurs est un prétexte. Le vrai motif de la condamnation de *Madame Ducroisy* vient des polémiques, de l'ardeur avec laquelle j'ai traité certaines questions d'économie sociale. Je n'insisterai point là dessus, on m'en voudrait d'avoir deviné trop juste ; mais malheur à l'écrivain qui, pareil à moi, dans un livre, se permet d'exprimer l'inquiétude et le découragement de l'homme moderne, de l'exciter à la lutte alors qu'il est sous-entendu qu'on devra, par je ne sais quelle horrible conspiration avec les bourgeois, tuer le nerf chez lui, et l'empêcher de réfléchir à ses destinées, en lui disant : quoiqu'il arrive, pense, souffre, **agis**, démène-toi.

Qu'est-ce que cela prouve, votre défense? demandera-t-on. Cela ne prouve *rien de rien*, sinon ce qui existe déjà, que le Parquet auquel je soumets cette observation : — si je prononce « avec respect, » personne ne me croira ; je dirai donc : avec déférence, je crois que çà sauvera la situation : — Cela prouve que le parquet peut avoir la très-réelle intention de m'empêcher d'écrire, et j'ignore pourquoi. Cela prouve que nous avons le droit de nous faire, dans l'analyse des mœurs, les divinités que nous voulons, aussi bien en prenant la pauvreté que la richesse, que nous avons celui de flétrir, si cela nous convient, l'homme qui a ce que l'on appelle « réussi », le droit de renverser certaines idoles mondaines à l'égard desquelles il existe de telles habitudes traditionnelles que l'on est justiciable de la loi si l'on refuse de se prosterner devant elles. Mais avant tout, par dessus tout, cela prouve que nous devons briser la *convention*

tout en tenant compte des préceptes par lesquels on
crée la charpente d'une œuvre, et qu'enfin, en ce
qui me touche, je ne relève que de ma propre
conscience littéraire et n'ai aucun souci à tenir
du plus ou du moins de tolérance contenu dans
celle des autres.

Si je me permettais de protester davantage, en
concluant, les juges qui trouvent mauvais que je
les déclare peu aimables à mon endroit et qui s'éton-
nent que je ne passe point ma vie à les remercier
chaleureusement, recommenceraient pour me prouver qu'ils sont les plus paternels du monde à mon
égard à me condamner de nouveau, sans doute
pour me faire changer d'opinion. Il y a cependant un
aveu dont je ne puis me dispenser, c'est l'admiration
que me cause le talent de lecteur de ces messieurs
de la magistrature debout : de l'un d'eux surtout, qui,
par deux fois, m'a octroyé l'âpreté et la perfidie de son
réquisitoire. C'est au point que si quelque incident
adoucit la situation que l'on occupe en ces instants
là, c'est de sentir dans la voix du représentant du
ministère public les intentions, les fines et délicates
sonorités avec lesquelles on ne se ferait jamais
valoir soi-même, et qu'on est très-heureux de rencontrer chez les autres. Jamais je ne me suis appré-
cié assez pour pouvoir me relire d'un bout à l'autre ;
mais, d'honneur, celà chatouille un tantinet l'amour-
propre quand on entend exprimer ce que l'on a
écrit dans le dessein d'en souligner les plus minces
détails, les plus légers accents. On est presque
tenté, ma foi, de se croire quelque chose, eut-on

fait le vœu de modestie le plus exagéré, pas une vir-
gule, pas une syllabe qui ne résonne, pas une chûte
de phrase qui ne tombe bien d'aplomb. Ces messieurs
auraient le don de communiquer de l'esprit aux plus
stupides, tant ils y mettent d'art. Ah! que les plus
mauvaises pièces seraient bientôt reçues si elles pas-
saient sur les cordes vocales du ministère public!...
Oui, mais, à mon dernier procès, ce n'était plus cela
du tout. Oh! du tout, en vérité, et l'organe de
M. l'avocat général était d'un pâle!.....

Janvier 1879.

MARC DE MONTIFAUD.

Paris. — Imp. A REIFF, 9, Place du Collége de France.

Paris -- Imp. A. REIFF, 9, place du Collége de France, 9